ことのはパフェ

瀧井宏臣

目次

ことのはパフェ

てんきのいいひは
そとあそび
あめのふるひは
ことあそび

げんきのいいこは
そとあそび
ことのは　すきなこ
ことあそび

いろんなことのは
あつめたら
ちぎって　きざんで
てんこもり

ことのはパフェの
できあがり
うまいぞ　うまい
もういっぱい

ことばで　あそぼ
ことのはパフェ
ことばあそびの
パラダイス

ねこにこバンッ

ねこ
こねこ
ねこのこ
にこにこ
へいから　ジャンプ
ねこ　にこ　バンッ

ねこ
こねこ
ねこのこ
のこのこ
すのこの　うえも
おちゃのこ　ニャー

ねこ
こねこ
ねこのこ
どこのこ？
ないてばかり
まいごの　こねこちゃん

ねこ
こねこ
ねこのこ
とことこ
ねどこに　もぐる
スットコ　ドッコイッ

ねこ
こねこ
ねこのこ
ころんだ
コロッと　ねころんだ
ねんねん　コロリ

ねこ
こねこ
ねこのこ
もこもこ
もっこり　ねんね
おやすみ　グンニャイ

ばったいばった

とのさま
ばった
いばった

ばった
きばった
がんばった

いきあたり
ばったり
いきどまり
ばっかり

ばった
へばった
くたばった

ばった
たおれた
ばったばた

ばたんキュー

きかんぼう

さむい
ふゆには
きりたんぽ

なべの
ともには
あつかんを

きもの
ぬいだら
はだかんぼ

すきを
つかれて
よこれんぼ

なにを
いっても
きかんぼう

まるで
ちいさな
あかんぼう

おかん
すかんよ
こりゃ　あかん

めきめき

ほしの　きらめき
かぜの　ざわめき
ほのお　ゆらめき
なみの　さざめき

のぼり　はためき
ひとの　うごめき
むねの　ときめき
ちから　めきめき

めきき　ひらめき
にせの　きんめっき
きゃくの　どよめき
びじょの　よろめき

めっきがはげたら
に～げろ
げろをはくなら
せんめんき

とければ・・・？

こおりがとければ　みずになる
ゆきがとければ　はるになる
てつがとければ　ビルになる
ゆめがさめれば　あさになる
こころがとければ　こいになる
ごかいがとければ　ともになる

うたがいがとければ　じゆうになる
うらみがとければ　へいわになる
のぞみがかなえば　しあわせになる
もんだいがとければ　いちねんせいになる

2 いたいの

〜あさいさんといしいくんに〜

いたいの
いたいの
いいたいの

いたいの
いたいの
ゆびのきず

いたいの
いたいの
とんでゆけッ

いたいの
いたいの
よいたいの

いたいの
いたいの
ゆめのくに

おもちゃの
へいたい
みていたい

いたいの
いたいの
あいたいの

いたいの
いたいの
あいちゃんと

いたいの
いたいの
いつまでも

ちさと

ちいさな
ちさと
ふるさと
みさと

やさしい
ちさと
おさとう
だいすき

ちさとの
ちから
りちさと
りりしさと

めざとい
ちさと
とっさに
さとり

サットバ
ちさと
さっさと
さった

サットバ＝さとりをもとめるひとのこと

すべての

～マララ・ユスフザイにささぐ～

すべてのへいきを
がっきに
ぐんたいを
がくたいに

すべてのせんそうを
えんそうに
ばくげきを
えんげきに

すべてのにくしみを
　いつくしみに
　ぼうりょくを
　きょうりょくに

すべてのにんげんに
　そんげんを
　じゆうと
　じんけんを

すべてのこどもに
　たべものと
　すむいえ
　ペンとほんを

おとこのこにも
おんなのこにも
　せんそうのない
　せかいにいきる
　しあわせと
　えがおを

めしめしめ

ばんめし
やきめし
うら　めしや

めっし
ほうこう
うらめしや～

イエスの
おしめし
おお　メシア

おおめし
くらうよ
ダルメシアン

メッシ
ドリブル
あさめしまえ

おしめ
おためし
しめしめや

メシア＝きゅうせいしゅのこと
ダルメシアン＝いぬのしゅるい
メッシ＝ゆうめいなサッカーせんしゅ

ろくでなし

とりなし
そこなし
おもてなし

うらも
なしでは
めんもくなし

いみなし
ようなし
しかたなし

いきなし
はきなし
いくじなし

あいなし
じょうなし
ひとでなし

こなし
つまなし
かいしょうなし

かねなし
ちいなし
しごとなし

ななし
いじなし
ろくでなし

ゆめなし
ちえなし
きぼうなし

なしのつぶてを
なげるきなし

おおならこなら

おおなら　こなら
ならのもり
ドングリ　たべても
へをこくな

おなら　するなら
しりだすな
うんち　するなら
へをこくな

おなか　すいたら
つまみぐい
おなか　くちても
へをこくな

へっこきむしが
やってきた
くさいぞ　くさい
へこきむし

ドングリ　たべてた
じょうもんじん
くさいのなんか
へっちゃらさ

くるなら　きてみろ
へこきむし
へっぴりごしでも
たたかうゾ

これでもくらえ
にぎりっぺ
へへんぷっぷい
へのかっぱ

ハダヅバリゴ

ハダガ　ツバッデシバッダ
ズズルズル
ビビボ　ツバッデイル
ヒッグション
ノドボイダグデ　イギガグルシ

ア゛～ッ　オガアザン
オダガヘッダヨ
ゴハンバダア？

ボシボシ
アダタバ　ツバッデナイ？
ズズルズル
ハダヅバリ　ダイビョウジン
ダヅゲデグレ〜

みえないもの

おもいはみえないが
おもいやりはみえる
こころはみえないが
こころづかいでわかる

きもちはみえないが
きくばりはみえる
やるきはみえないが
どりょくでわかる

うらみはみえないが
ふくしゅうはみえる
かなしみはみえないが
なみだでわかる

いかりはみえないが
さけびはきこえる
よろこびはみえないが
えがおでわかる

なにをかんがえ
かんじているか
たいせつなものはみえないが
ふるまいでわかる

くさいはなし

しゅくさい
ちくさい
しゃにくさい

こくさい
がくさい
おんがくさい

あせくさい
つちくさい
たいいくさい

あくさい
うんこくさい
しじゅうくさい

あほくさい
しゃらくさい
めんどうくさい

くさいはなし

あそぶた

ぶたぶた
のぶた
こぶたを
おぶった

おめんを
かぶった
うごきが
にぶった

ねぶたで
ころんだ
かさぶた
できた

すぶたは
きらい
たべるの
しぶった

なべぶた
ひろった
ひつけて
あぶった

やくそく
やぶった
ぶったたいて
あそんだ

あそぶた
こぶた
ふとんを
かぶった

ねぶた＝あおもりけんのおまつり

あいらんど

じゅんあい
れんあい
むつみあい

あいあい
がさで
しのびあい

あいらぶ
あいらんど
きょうどあい

おしあい
へしあい
りんじんあい

あいさつ
きあいだ
あいきどう

あいじん
とりあい
はたしあい

はくあい
じゅんあい
かみのあい

あいのて
さしのべ
たすけあい

やねのした

ひとめ
こいした
ほしのした

どうした
のばした
はなのした

ああした
こうした
やねのした

ねこが
ふんした
えんのした

あたし
ねこじた
やけどした

あいした
あのこの
ひっこしだ

サヨナラ
あした
そらのした

てるてるジャズ

ヒノテル
とんでる
ジャズってる

ペット
ふいてる
はじけてる

てんの
かみさま
あいしてる

きてる
ビビッと
エレキテル

カクテル
のんでる
かくしてる

いきてる
はねてる
いのってる

てるてるジャズ
てるジャズ
あした
げんきにしておくれ

ヒノテルは、ゆうめいなジャズ・トランペッターのひのてるまささんのこと。ほんもののひのさんは、おさけをのみません。

§ かず × ことばあそび

よいよい

0101　おいおい
1219　いついく
72042　なにをしに?

8181　やいやい
9314　くさいよ
26219　ふろにいく

4141　よいよい
8740　はなしは
44731　よしなさい

にくはジューシー

298　にくは
4989　よくやく
101010　ジュージューと

8310　やさいは
4926　よくにろ
929210　クツクツと

117　いいな
0141　おいしい
1413　ジューシーさ

1100
4936
46960

ひとは
よくみろ
しろくろを

いっきゅうさん

１２３４　　ひいふうみいよう
１９３　　いっきゅうさん
７２０４２１９　　なにをしにいく
８７０３２　　はなをみに

１１７１１７　　いいないいな
１９３　　いっきゅうさん
７２０１２１９　　なにをしにいく
２３０４３２　　ふみをよみに

１９３４　　いっきゅうさんよ
５９６３　　ごくろうさん

ごろうまる

1 3 5 9 8　ひとみごくうは
1 8 1 8 1 0　いやいやと
4 9 4 9　しくしく
7 9 7　なくな
5 6 0　ごろうまる
1 9 1 0 2 0　ひとくいおにを
2 9 3 7 3 1　にくみなさい

26240
497110
0101
3897
560
8069020
874731

ふろうふしは
よくないと
わいわい
さわぐな
ごろうまる
はをむくワニを
はなしなさい

いやよいやいや

184
1818
9841
874

184
1818
6514
193

いやよ
いやいや
くやしい
はなし

いやよ
いやいや
むごいよ
いくさ

184
1818
4971
493

いやよ
いやいや
よくない
しぐさ

ほしのかけらがふってくる

ことばは
よぞらのほしのよう
キラキラかがやく
ほうせきだ

よぞらは
こころのなかにあり
こどもがスヤスヤ
ねむるころ
ほしのかけらが
ふってくる

てんのかみさまの
プレゼント
かみさま
かみさま
かんしゃします

しじんは
じっと
まっている
かけらを
いれる
かごもって

ぬきあし
さしあし
ちかよって
ドキドキ
ワクワク
つかまえる

これで　おしまい
ことのはパフェ
ことばあそびの
パラダイス
おやすみ
グンナイ
また　あした

あとがき

この詩集は、『元旦詩』につづく2冊めの詩集です。

大学生だった1980年ごろ、東京・高田馬場にあるイントロというジャズ喫茶で、仲間たちとジャズを聞きながら詩読をしていました。

茨木のり子や吉野弘、谷川俊太郎、あるいは中島みゆきらの詩に魅了された私は、大学を卒業してから30年以上にわたって、コツコツと詩を書いてきました。そのいきさつについては、第一詩集『元旦詩』の終章「正月の詩人」に書いた通りです。

当時の詩読のグループを「響」（きょう）と言いました。活動していませんが、まだ解散していない幻の同人です。

そのメンバーのひとりである岩本武和から「これ、ええで。さいっこうや。読んでみい」と言われて渡されたのが、谷川俊太郎の絵本『ことばあそびうた』でした。岩本はその後、経済学者になり、京都大学の経済学部長や日本国際経済学会長を歴任しました。

「なんだ、絵本かよ」と思って、ページをめくったのが運のつき。ことばあそびうたの豊饒な世界に、ドップリ嵌ってしまったのでした。それ以来、酔っ払うとあたりかまわず放吟する始末です。友人たちに谷川俊太郎の『ことばあそびうた』を、何十冊プレゼントしたかわかりません。

大人向けの詩とは全く違い、ナンセンスで、リズミカルで、思わず声に出して読みたくなるような「言の葉パラダイス」がそこにはあったのです。

第一詩集を出したとき、「次はことばあそびうたを書くぞ」と発願し、その後3年間にわたって想を練ってきました。

そして、今年の1月のこと。天から星のかけらが降ってくるように、たくさんの詩が生まれました。それが、この第二詩集『ことのはパフェ』です。

実は詩集のタイトルを「ことのはサラダ」にしようと思ったのですが、アニメキャラで大人気の初音ミクのオリジナル曲に同名の歌がありました。さらに、言葉サラダというのが統合失調症にからんだ言葉であることもわかり、断念。いろんな具材を盛り合わせるという意味で、サラダと同じ「パフェ」に差し替えたしだいです。

『日本書紀』や『万葉集』を読めばわかりますが、むかしの詩（歌）はまったくカッコつけていません。「もののあわれ」を説いた『排蘆小船（あしわけおぶね）』で、本居宣長は歌の本体について「ただ心に思ふことをいふより外なし」と記しています。心に湧き起こった言の葉をそのままザク切りにし、盛り合わせて出しているだけです。

まさに、言の葉サラダ（パフェ）です。

子どもたちには、そんなふうに楽しく、ワクワクドキドキしながら言葉を会得してもらいたい。そう願って、この詩集を刊行しました。

すべての大人は、元こどもです。言い換えれば、ＯＣ（オールド・チルドレン）です。どうぞ大人も錆びつき、綻びた童心を胸の奥底から引っ張り出して、読んでみてください。

末尾になりましたが、編集を担当してくださった檜岡芳行さんと、イラストレーターの上田かいりさんに感謝します。どうも、ありがとうございました。

８７歳になったじいちゃん（父・宏一）と８４歳になったばあちゃん（母・君枝）が健やかに天寿を全うできるように祈って、筆を置くことにします。

２０１６年盛夏

凡愚寂空こと

瀧井　宏臣　輩

瀧井 宏臣　たきい ひろおみ
　１９５８年、東京練馬区生まれ。記録作家、詩人。
　詩集に『元旦詩』（ブイツーソリューション）、記録作品に東京３部作（講談社）がある。
　このうち『東京スカイツリーの秘密』は、小学校５年の国語教科書（学校図書）で教材になった。また、『おどろきの東京縄文人』『東京大空襲を忘れない』は、２０１５年度児童福祉文化賞推薦作品に選ばれた。

ことのはパフェ

2016年9月20日　初版第1刷発行

著　者　瀧井 宏臣

イラスト　上田かいり

発行者　谷村 勇輔

発行所　ブイツーソリューション
〒466-0848 名古屋市昭和区長戸町 4-40
電話 052-799-7391　Fax 052-799-7984

発売元　星雲社
〒112-0005 東京都文京区水道 1-3-30
電話　03-3868-3275　Fax 03-3868-6588

印刷所　藤原印刷

ISBN 978-4-434-22374-7